꽃도 성깔대로 핀다

책 만 드 는 집   시 인 선 1 8 9

꽃도 성깔대로 핀다

김경미 시조집

책만드는집

뒷전에 두었던 너를 데려와
첫눈 같은 용기로 달려들었지만,

색깔로도, 향기로도, 맛깔로도
아직 길이 멀다.

혹여, 마음 맑은 누군가에게 닿아
위로처럼 다독이는 시가 되었으면,

그러나 욕심이다.
또다시 쥐구멍을 찾는다.

2021년 겨울
김경미

| 차례 |

1부   세월에 밀린 밥그릇은 휴식에도 등을 보여

2부 아무도 읽지 않을
시 한 줌에 살을 베이고

3부   해 지고 바람 부는
일상 같은 그 말이

4부 성깔이 숨은 그대로
맨발이다 회오리다

5부 이렇게 날이 좋은데 소풍이나 갈까 봐

1부

세월에 밀린 밥그릇은
휴식에도 등을 보여

고등어 간잽이*

시퍼렇게 서슬 돋은
날생선만 숨죽이다

내 숨 한번 제대로
잠재우지 못한 이력

이골 난
소금버캐로
널브러진 사지통

* 생선을 소금으로 절임. 또는 그런 일을 전문으로 하는 사람. 규범
표기는 '간잽이'이다.

혀의 파장

하룻밤 사이에 큰 별 하나 떨어졌다
장난으로 놀린 혀에 뒤통수를 맞은 죄로

말랑한 혀 아래 도끼가
애먼 사람 찍었다

잘 알지도 못하면서 한마디씩 거들고 나선
잔혹한 혀를 물고 너도나도 뒤척인다

모조리 넘겨받은 판
몸을 떤다 설설 춤춤 설설

깔창 빼기

당신과 나
마음 크기
장난스레 재보다가

내 키만 조금 높여
보고 듣고 해석했던

깔창을
벗어 던졌다
당신마저
가신다기에

펜트하우스

잔멸시 끊길 만큼
유명세 얻었는데

난 아직 허기가
많이도 깊나 보다

최고급
옥상을 밟고
괜한 하늘 흘긴다

모자란 듯 허허한
세련된 듯 성형된

리본 묶어 포장된
살랑대는 웃음 따라

넌지시
터지는 심술

날카롭게
세운 목

악플 나눠 먹기

언제나 주리 틀린 손가락으로 시작됐죠
쥐고 흔들고 눈 가리고 밑장 빼고
당신이 그랬습니다
내가 그랬습니다

쓰레기로 나뒹굴다 떠도는 흔적들은
들어내도 악착같고 포기해도 스멀스멀
시비是非로 뛰어옵니다
떼어놔도 붙습니다

그러지들 맙시다 돌고 돌아 다 옵니다
한때 잘나갔다고 뱃심 부린 약골인데
먹물이 지워질까요
앙가슴 풀어질까요

청탁

휴대폰 남은 숨이 간당간당 헐떡인다
말을 묶어 꼭 할 말만 뭉텅이로 쏟아내고
"한 번만 부탁합니다"
못 박는데 먹통이다

손톱 밑에 기름때로 엉겨 붙어 늘인 삶은
잔눈치도 땀방울도 거꾸로만 자라고
화딱지 던진 자리에
치사하게 솟는 부아

뒤척이는 뉴스

응축된 어금니에 꽉 눌러 으깬 소식

만 발이나 빠진 혀 쌍갈래로 갈라져

진짜는 밀어내면서 맹탕만 부풀린다

반듯하고 단단한 건 해지도록 물어뜯고

입과 펜을 비틀어 특보처럼 속보처럼

빈 소리 흘러내린다 부아통만 올린다

B급 영화

늘어진 겨울밤은
배가 고팠다
매끄러워 입 안에서 뱅뱅 도는 꽁보리밥
한파와 혈투를 벌이며
올망졸망 떨었다

모자란 주인공
허술한 이야기
치근대듯 막 나가서 아리게 붉은 영상
시간만 구워 먹었다
임시 차단된 봄,

멧돼지

멧돼지가 배추밭을 다 까뭉개 놓았다
가마솥에 쏟아부은 미꾸라지 몸부림처럼
보름달 뜨는 밤마다 미쳐 날뛰는 그녀처럼

먹이 찾던 짐승들도 멧돼지의 밥이 된다
세 겹 네 겹 묶여 있던 광기 쓸어버리듯
허기진 배 속 채우나 풀 길 없는 색 비우나

환승

"본 채용 전형에서 귀하는 탈락하셨습니다"
돼도 좋고 안 돼도 그만인 제2의 구직 활동
세월에 밀린 밥그릇은
휴식에도 등을 보여

아내가 서 있는 듯 옷걸이에 걸린 이력
생존이란 명분으로 재촉했던 발걸음 뒤
고요한
슬픔에 던져진
소주 한잔
그 목 넘김

장점도, 능력도 나이 앞엔 맥 못 추고
한평생 내가 쳐둔 촘촘한 그물망 펼쳐
먼 과거 끌어안고서
슬픈 엔딩 늦춘다

원형 탈모

뻣뻣하면 민폐일까
주눅 들면 얕보일까

노심초사 살다 보면
숨구멍이 뭉개진다

정수리 탈진했는지
벼랑처럼 벗었다

간사합니다

가슴에 담아도 될 소중한 글을 읽고
"좋은 글 감사합니다" 댓글 한 줄 달았는데

아차차
잘못 누른 받침
'감사'가
'간사' 되었네

살다 보면 감사할 일 태산보다 많을 텐데
습관처럼 감사함을 저렴하게 내뱉다가

그 감사
말 한마디로
간사하게
퉁쳐버리네

터널

옆구리가 꺾인 어둠
법인지 덫인지

입구에 들어서면
출구까지 빛이 없다

한 번쯤 뚫고 나와서
접힌 허리 펴고 싶다

마을버스 종점

족쇄 같았던 하루가
끽~ 하고
멈춰 선다

그 자리 그 시간만
헐겁게
풀어지고

실수로 챙겨 온 짐인지

가난도 함께 내렸다

코로나 블루

미간이 옹졸해졌다 입이 옹졸해졌다
나서기가 두려워 열 번은 더 꼰 마음
몽롱한 역병에 걸려 미쳐가는 속, 속俗

결과 궤 다 다른 뒷이야기 무성하다
액자 속 나이만 삐뚜름히 여물고
보급형 난장판에서 몸부림을 거둔다

2부

아무도 읽지 않을
시 한 줌에 살을 베이고

커튼콜

다 끝났다 여겼는데 조명 다시 켜졌다

기립한 갈채들이 윤달처럼 몸져눕고

제대로 잘 놀았단다

아직 젊은 수의 한 벌

연적硯滴이거나, 연적軟賊이거나

속내가 불안할 땐 숨겨놓은 애인처럼

슬슬 어루만지는, 구메구메 쓰다듬는

드러내 아끼기보다

몰래몰래 정을 삼는

오래된 질문
― 백수 선생 탄생 100주년 추모시

눈으로만 물으셨다
너는 시를 아는가

침묵조차 허루해
영영 쓸쓸할 임을 잃고

삭다 만
툇마루 끝에
앉아 있는 두려움

염치없는 시
-퉁퉁 부은 상복

배곯은 쥐들은 뾰족뾰족 가시 물고

아랫목까지 닿지 못했던 어무이 가는 발목

문풍지 우는 소리만
밤을 새우던 그해 겨울

염치없는 시 2
- 시인이 너무 많아서

바람이 차가워지면 그 말이 생각나!

햇빛 가득 부린 날에 웃으며 흘려들었던,

이름이 먼저 죽었다지?

사람보다 이름이…

염치없는 시 3

— 독대

간신히 버티다가 뒤늦게 출렁이며

옥죄었던 봉함 풀어
들끓거나 돌아누웠던

시상만
물어뜯다가
눈 내리까는
먼동

염치없는 시 4
- 별책부록

둥글어도 모나다 하고 검어도 붉다 하네

죄책감처럼 튀어나온 등허리 살 골골마다

함부로
꺼둘림당해
날 지새우는 고쟁이

염치없는 시 5
- 뜻밖에 말이야

아무도 읽지 않을 시 한 줌에 살을 베이고

저절로 몸이 달아 쨍쨍 갈라진 하늘

때마침 잊은 척해도
장대비 지나간다

염치없는 시 6
- 민들레

눈여겨보지나 말지
땅에 납작 엎드렸는데

꽃이라고 꺾이고 풀이라고 뜯긴다

노랗게
봄볕 쬐던 시
따끔따끔 부러진다

청자상감운학문매병

떡 벌어진 어깨 아래 내려친 유려한 곡선

정교한 문양조차 살짝 물러난 탄성

숨 마디 깊어질수록
시詩와 시時를
넘나든다

군입질

시인이라는 함부로 단
그 이름표 부끄러워

무작정 다짐했던
하루 한 편 시 쓰기

버거워
내려놓으니
웃음 절로
뱅뱅 돈다

북향집

숨겨둔 연인일까
멀어진 첫사랑일까

속내 감춘 장마 끝에 보따리 푸는 바람

잊힌 듯
낯이 익은 듯
까마득해지는 명치

곁길

지나온 길 지나갈 길 모두가 곡선이다

때론 그 길 가로질러 지름길을 내어도

조바심 떨치지 못한 굽은 등이 길이 된다

속사정 어찌 알까 살가운 바람의 말

한때 걸려 넘어졌던 돌부리는 잊자 한다

에움길 더러 만나도 함께 걷자 토닥인다

그 선을 넘어버린,

내가 내다 하는 세상
내세울 것 하나 없어

자벌레 배밀이로
주린 허기 채우다가

글 쓰는
재미 찾아서
구김 폈던 마음인데

기교 탄 시 몇 편이
엄벙덤벙 알려지니

겸손하던 피가 달아
미친 듯이 으스댄다

허세만
달랑거리는
시인이라는 허영

가야금 산조

내 손가락에 뜯기는 그녀의 온몸
내고 달고 맺고 푸는 공하고 허한 바람
빗소리
베이고 쪼여
낱낱이 박히는데

언제든지 도망칠 조바심을 묶어둔 채
얄팍하게 교미하다 흔들리는 비바람
장구만
입덧을 하며
허튼 가락 잡는다

3부

해 지고 바람 부는
일상 같은 그 말이

해우당 고택*

밤새우던 글 소리가 휘장을 친 대청마루

길손들 수심 한 자락
풀어놓고 가라고

발목을 쓰다듬으며
그날에 멈춰 있다

구멍 난 문풍지는 달이 뜨길 기다리나

바람의 말 가르며
달큼하게 끓는 기침

고달픔 삼킬 줄 아는
백발만 휘청인다

* 경상북도 영주시 문수면 수도리에 있는 조선 말기의 주택.

밥 한번 먹자는 말

빈말인지 예의인지
어색함 때문인지

해 지고 바람 부는 일상 같은 그 말이

내 마음 얻고 싶다는
고백으로
들린다

유배의 강

알종아리 부어오른 그 강이 불길하다

깊은 바람 산빛 아래 뒤척이던 몸살일까

서럽게 욱신거리며 소용돌이치는 물꽃

분분한 억측들이 떠밀리는 뱃머리로

꼿꼿했던 자존심 꼬불꼬불 조여들면

눈길 먼 속을 뒤집어 선잠 한 폭 그린다

아픈 못

남이 박아놓은 못을 내가 슬쩍 뽑아본다
감정의 고리가 얽혀 어금니 꽉 다문 벽

한 번 더
핏물 든 눈길만
웅크린 채 굳어 있다

노숙자 김 씨

어쩌면 그 사람은 마법에 걸렸는지
동화나 만화 속의 변신한 왕자처럼
방심한 구름 덮고서
껍데기에
머문다

웃을 일도 무심하고 우는 일은 더 무심해
하늘이 준 명만큼 한바탕 뛰어놀다
누더기 벗어 던진 날
별빛 몇 개
돋는다

고추장

팍팍한 삶에 치여
녹이 슨 대문 앞

봄꽃처럼 봉긋 앉은
찰고추장 한 단지

잊었던
엄마 손맛이
코 빨갛게
놓여 있다

스산했던 가슴 위로 그 포근함 안아 드니
가끔 새던 눈물 하, 꿈이었나 보다

서리꽃 뽀얀 겨울에
뉘 모를 귀한 선물

늙은 아내

부부라는 그 말이 새삼스레 따뜻할 때
눈으로 나를 당기고 입으로 나를 키운
한때는 발걸음마다
팽팽하게 꽃이 폈던,

먼 시절 꿈을 세운 청춘은 보이지 않고
떨리는 눈 돌려가며 드라마의 덫에 갇힌
거뭇한 검버섯들이
고봉으로 쌓이는 밤

지금 막 잠에서 깬 물음표를 띄우고
그 길이 희미해서, 그 기억 희미해서
등짐 진
시간만 푸는
쪽배 같은 긴 한숨

노물리* 포구

동해의 작은 마을 바닷빛이 야릇하다

독박 쓴 재개발로 단물 빠진 속을 앓나

매설된 지뢰들처럼
등대 홀로 끙끙하다

* 경북 영덕에 있는 어촌.

조향사

독소를 빨아들여 고개 처박은 도시
몸 가늘어진 무지개는 빛이 다 바랬다
송송한 슬픔이라면
향이라도 뿌려볼까

허약한 상상력도 잠깐씩은 수줍다가
산들바람 머금은 물앵두를 터트리고
홍등가
충혈된 눈빛
아, 골몰하는 성페로몬

풀 냄새 물 냄새가 너절하게 마를 때는
속살들이 부끄러워 간지러운 옷 입힌다
눈길 먼 향내만 살려
앓는 꿈에
물들겠다

등받이 사랑

술 마시고 집에 가다 갈증 난 보고픔이
밤바람 어디쯤서 뒤통수를 건드려서
길 잃은 어둠을 켜듯 묵은 번호 꾹 누른다

수화기를 넘어오는 무덤덤한 그대 음성
잊힐 만도 하건만 목소리로 안아주네
눌렸던 두근거림에 새빨개진 귓불

시집가던 날

흔들리던 꽃가마 멈추어 선 외나무다리*

금모래밭 지나면,
이 강물 건너면,

젖은 눈
터 잡고 앉은
서쪽 하늘 붉디붉다

* 경북 문수면 무섬마을에 있는 다리로 과거 350여 년간 마을과 뭍
을 이어주는 유일한 통로였다.

수능 전날

아이 가방이
침묵보다 무겁다

아버지 머리는
휑하니
술이 없다

"애쓴다"
"괜찮아요 아빠"
긴장이 싹 풀렸다

문신

걸어 다니는 만화책을 일상으로 만난다

허기진 먹물을 쏟아 낙관도 서명도 없는

세상은 시각視覺의 노예 과부하로 떠도는 은유

마음에서 잘린 컷 출렁이는 자존심만

간신히 몸에 얹어 잠무늬로 희롱하다

어깃장 소용돌이에 휩쓸리는 비대칭

서운하다는 말

가끔 날리는 한 방, 방심한 한마디
나는 불을 붙이고 그는 불을 끄는데
서로를 향하다 멈춘
길고 긴 눈떨림

바다 같았던 마음이 바늘귀로 좁아져
비수가 뾰족한 고슴도치가 되어가도
울컥함 구겨 넣고서
어금니를 깨무는 맥박

성한 살에 소금 뿌려 상처를 만드는 밤
모난 마음 한편에 있던 그를 찬찬 불러내어
열 올라 비틀대다가
무릎을 꺾으며 운다

참혹하게 아름다운

1
시뻘게진 눈을 달고 독가스만 가득 뿜는
무른 연탄 아껴가며 버텨냈던 겨울마다
구호품 내밀던 그들
우쭐함도 끌고 왔다

꼿꼿했던 자존심이 꼬불꼬불 꼬여 들고
바닥난 통장 뒤로 속 끓이는 문풍지
한 조각 햇살조차도
갉아먹는 쪽방촌

2
그때 팔 벌리고 떠는 너를 안았더라면
아담한 꿈 하나는 봄 언저리 가 있을까
발 동동 얽히고설킨
진눈깨비 사윈다

4부

성깔이 숨은 그대로
맨발이다 회오리다

꽃도 성깔대로 핀다

외로 앉은 꽃잎 하나 붉은빛을 잃었다

햇빛 물고 늘어져

양심껏 도발하다

성깔이 숨은 그대로

맨발이다

회오리다

커피, 커피

짜내다 만 화장품
거꾸로 세우다가

누추함을 깜빡하고
은근히 찾은 그대

채혈한 악마의 속살
밀어 넣어 삼켰다

잠이 마른 헛헛함
풀어놓고 같이 견딘

"나 아직 여기 있어요"
그 위로가 간지러워

심장을 휩쓸고 돌던
바람 소리 풀렸다

잡초의 속말

"네가 그렇게 잘 버텨주면 나는 뭐가 돼?"

말라가는 들장미의 질투 같은 한마디에

'내 일은 살아내는 것
살려고 애를 쓰는 것일 뿐'

맞선

혹시나 하는 마음에 두꺼워진 화장발

예민해진 찻잔도 시선을 쓸어 담고

주름만 가혹한 이마 옹성거리는 어깨

다림질된 말을 뚫고 튀어나온 저울질

이번에도 아닌가 봐 예의 갖춘 실망 뒤로

숨 가삐 읽어낸 마침표 뒤척이는 뒤통수

얼음꽃

칼바람 난장판 속 하얗게 공모한 침묵
뭇시선 가림 없이 옷을 벗는 누드모델

울음꽃 아니라 한다
눈물 겹겹, 들킬까 봐

구절초

돈벌이에 양육에 노이로제 말도 마요
보너스로 따라온 병 수발은 또 어떻고요

구절절
바닥 긁는데 온몸 끄덕이는 가을 산

꽃잠

한 번쯤은 노래로, 또 한 번은 흔들림으로

주름살 잘게 말아 피멍을 문지르다

온몸을 뒤틀고 있다 괄약근을 조인다

멍석말이당한 어둠 구석에서 농弄을 치고

고랑 진 삶 밀어 올려 입꼬리에 달린 웃음

덩달아 끌려온 새벽 잘근거리는 향기

춤이 올라왔다

사람마다 이런 고민 저런 사연 안고 산다
속사정 어찌 알까 열병 앓던 혼을 팔아

흰 달빛
식어버린 날
불 지피는
마른 억새

깔린 멍석 밟고 서니 둔갑한 여우인가
가려운 등 긁어대듯 갈지자로 흔드는 몸

왔구나
와주었구나
내내 뜨거운
신명

꽃치매 2

애틋했던 낭만은 도난당한 허구일까

살아 있는데 할 말 남았는데
나는 너를, 모른다

바람 든 귀밑머리에
짝다리로 선 노을

잔꽃

입학 졸업 취업 승진 이 길을 걷다 보면
잘돼봐야 내 뒷자리 부장님이 되는 걸까

어둠이
길어서 슬픈
초겨울
뽀얀 새벽밥

관계
– 상사화와 상사초

잎이 핀들 꽃이 핀들 꽃과 잎 만나지 못해
간질 앓던 새 한 쌍 저만치서 날아가고
애긋다
말라버린 꽃대
다 써버린 절망

분홍도, 보라도 아닌 슬픔 저민 빛깔 섞어
잎은 꽃을 생각하고 꽃은 잎을 아파한다
괜찮다
그거면 됐지
얼굴 씻고 나온 반달

안면 비대칭

난 설핏 웃었는데
넌 자꾸 비웃었다 한다

반듯했던 옛 사진과 거울 속 기운 입술이

좀이 슨
불꼬리처럼
오랏줄에 묶여 있다

풍기 인삼 이야기

1

일찍이 땅에 떨린 귀한 씨앗 하나가
소백산에 가득한 호흡조차 보석인 양
그 기운 피로 돌아서 눈과 귀 밝혔다지

이슬 햇살 바람 먹어 투명하게 부푼 속살
6년 동안 숨죽였던 살갗을 다 터트려
기어이 건강 지키는 명약이 되었다지

2

몇 번쯤 귀한 손님 만나는 날, 그날이면
너는 나를, 다시 만나 하늘 기운 약속하고
온 세상 아픔 아픔마다 건강한 숨 끌어댔지

할미꽃

기억을 지운 듯했어
마음 풀고 가라는

엊그제도 왔다 간 비바람 등에 업고

오늘도 몸 굽힌 당신
해 다 저문
무렵까지

폐차장에서

타던 차 골골 앓아
폐차장을 돌고 돈다

그깟 헌 차 보내는 게
뭐 그리 대수라고

팽烹당한
나를 보는 듯
멀건 두 눈
따갑다

5부

이렇게 날이 좋은데
소풍이나 갈까 봐

봄밤

꽃가지 살살대는
달빛이 요염하다

화려한 적막인가
그대라는 슬픈 감탄

새도록
달아둔 꽃등

빗장 풀린
가슴 한 시時

마지막 첫눈

1

각숨을 뜬 몸 팔랑팔랑

바람인 듯 춤인 듯

찰나를 요동치며

하얗게 깔리다가

깡말라

빈약한 들에

맑은 젖을 물린다

2
몇 장 남지도 않은 나이
부리 고운 새가 쪼아

머루눈 다 허물어
잘게 빻아 털어낸 눈물

다 잊은
첫눈이 온다
그때, 그
이별에도

황사

늘 차이는
연애만 한다
그래도 봄만 되면,

첫잠을 깨우는
터질 듯한 꽃 입술에

모래가 잘근잘근해
독을 쓰는 입맞춤

화전놀이

바람이 조였다 푼 찹쌀 반죽 멍석 깔고

물오른 꽃잎 얹어 야들야들 벌어진 판

헤벌쭉 풀린 웃음들

못 참고 터진

봄, 봄

어떤 봄날

어린 시자
점심 공양

거른 줄도
모르고

처마 밑
꽃눈인 양

몽롱함을
건너다

한동안
잊은 부처님

주저하는
고무신

저물녘

하루치 하늘이 담장을 넘기 전에

불 속에 던진 고구마
노랗게 익는 동안

선명한
피 한 점 노을
바람에 슬쩍,
흘린다

아리랑 고개 넘기

허리춤에 매단 상사相思 얼룩지고 긁혀가며

닿으려 잡으려면 부러지고 고꾸라지고

검버섯
거뭇한 평생
아직
수줍은 맨발

먼, 먼 소녀상

'이렇게 날이 좋은데 소풍이나 갈까 봐'

분분한 수군거림 뒷골목에 쌓이는데

또다시 멀어진 약속 서성이는 맨발 안부

봄비가 꽃잎 위에 머물다 간 흔적일까

꽃잎이 봄비 아래 피었다 간 자취일까

태연한 햇살이 핀다 단발머리 찰랑하다

입동 2

그 사람, 아프다네요
꾸들꾸들 마르는 볼

그 사람, 괜찮다네요
바글바글 태우는 속

곱던 임
겨울 앞두고
무서리만 연이틀

빗질

염치없이 살았구나

편법으로 살았구나

폼 나는 삶 휘장 아래

동굴보다 깊은 허기

서둘러

젖니를 간다

볕살을

빗고 있다

가을 숲

겨울잠 들기 위한 마지막 선물인가

도드라진 색감 입힌 유화 몇 점 걸려 있고

머리 푼 하늘과 구름 여백처럼 아른하다

한파

더러는
엄발난
칼바람에 뒤척여요

비틀린 취향인가요
눈까지 물어뜯네요

그 힘에 갇혀버린대도
봄인 듯 버틸래요

황초굴*

올가을엔 파랑파랑 불을, 지펴야겠다

쏟아지는 잠 참느라 매섭고 힘겨웠던

뼈저린 기억일망정 곱다시 짜고 싶다

거슬러 갈 수 없어 갉아먹힌 자존심에

속 끓이는 담뱃잎만 육탈하듯 자진하고

누렇게 바람 든 입가 잔기침이 쓸쓸하다

밀고 가는지 밀려가는지 아뜩한 밤하늘

그 어둠에 맞서며 컹컹 개 우는 소리

발갛게 흐르는 눈물 다시 아픈 천생 청상靑孀

* 잎담배 건조장.

98

검은 노을

사소한 일이라도 기억하는 건 늘 나였어

떠나야 할 때라는 붉은 휘파람, 숨죽인 울림

속마음 누른 한마디만

두 시간째 쭈뼛쭈뼛

허기를 참지 못해 다 벗겨진 번갯불

팔랑이던 꽃다발도 혀 내밀며 말라가고

조바심 목줄을 풀어

눈물 번진 수묵화

어쩌다, 단풍

밀려나는 그 가을, 기가 죽어 마른기침

퀭하게 말린 사연 절절 끊어 내뱉다가

빨갛게
열이 오른다

늦사랑에
빠져 첩첩,

단시조, 그 광활한 여백의 미학

황치복 문학평론가

1. 시에 대한 자의식과 시적 진정성

2012년 《월간문학》 시조 부문 신인상, 그리고 2014년 《시와소금》 시 부문 신인상을 수상하며 문단에 나온 김경미 시인은 시조집 『주말 오후 세 시』(시와소금, 2016)를 비롯하여 시집 『모호한 엔딩』(만인사, 2017)을 발간하며 활발하게 창작 활동을 이어가고 있다. 시인은 그동안 한 권의 시조집과 한 권의 시집을 통해서 시에 대한 자의식을 강하게 표출하면서 전통에 대한 관심을 비롯하여 부조리한 현실에 대한 날카로운 비판의식을 선보인 바 있다. 시인의 주된 관심사는 잡다한 일상을 넘어서 도달할 수 있는 어떤 근원적인 세계라든가 이상향으로서의 예술적 세계 등을 상정하고 있는데, 이러한 시의식은 시인이 견지하고 있는 낭만주의적 삶의 자세를 함축하고 있다.

이러한 경향 가운데 가장 주목되는 점은 시와 시조에 대한 자의식이라고 할 수 있으며, 시에 대한 자의식은 시로 쓴 시론이라고 할 수 있는 메타시를 다양하게 산출하고 있기도 하다. 시에 대한 강한 자의식을 지니고 있다는 것은 시인이 지닌 시에 대한 열정과 염결성, 혹은 진정성을 방증하는 현상이라 할 수 있으며, 이러한 의식 역시 시라는 예술적 세계에서 의미와 가치를 찾고자 하며, 시적 완성을 삶의 가치와 보람으로 여기는 시인의 시의식을 반영하고 있는 현상이기도 하다. 이번 시조집에서도 시에 대한 자의식을 반영하는 작품들이 다수 실려 있는데, 이러한 작품들을 통해서 시인이 얼마나 시에 대한 강렬한 열망과 진정성을 지니고 있는지를 확인해 볼 수 있다. 가장 먼저 시로 쓴 시론들을 살펴보며 이를 확인해 보자.

눈으로만 물으셨다
너는 시를 아는가

침묵조차 허루해

영영 쓸쓸할 임을 잃고

삭다 만

툇마루 끝에

앉아 있는 두려움

  –「오래된 질문 – 백수 선생 탄생 100주년 추모시」 전문

  투철한 자연 관조와 전통적 서정 세계를 바탕으로 시조 중흥에 크게 이바지했다는 문학사적 평가를 받고 있는 시조의 스승 백수 정완영 선생을 추모하며 기리고 있는 작품이다. 추모시라고는 하지만 사실은 스승을 여의고 스승의 지도 없이 앞으로 어떻게 창작 활동을 이어갈 것인지에 대한 비전이 없어서 망연자실해 있는 시적 주체의 모습을 묘사하고 있는 것이 시조의 초점이다. "눈으로만 물으셨다/ 너는 시를 아는가"라는 초장을 보면 스승은 그 존재 자체만으로 시에 대한 끊임없는 질문과 탐구를 통해서 그것의 본질에 다가서도록 하는 엄숙한 채찍질 역할을 하고 있었음을 알 수 있다. 그러하기에 스승의

죽음은 시적 주체에게 "삭다 만/ 툇마루 끝에/ 앉아 있는 두려움"으로 다가오는데, 이러한 이미지는 물론 시적 주체가 느끼는 스승 없이 혼자서 시적 세계를 개척해 가야 한다는 불안감과 두려움의 정서를 표현하고 있지만, 또한 시조 부흥의 한 축을 짊어지고 일어서고자 하는 내적인 열망과 사명감 같은 것을 함축하고 있기도 하다.

바람이 차가워지면 그 말이 생각나!

햇빛 가득 부린 날에 웃으며 흘려들었던,

이름이 먼저 죽었다지?

사람보다 이름이…
  ―「염치없는 시 2 ― 시인이 너무 많아서」 전문

이 시조 작품은 시인이 너무 많아지면서 귀하고 높았던 시인의 위상이 땅에 떨어진 현상을 비판하고 있다. 시인이 너무 많다고 하는 것은 시인의 희귀성이 없어졌다는 것을 뜻하고, 그로 인해서 시인의 이름이 평범하고 진

부한 것으로 전락하고 있음을 의미한다. 제일 좋은 전복은 님 오신 날 따다 주려고 남겨둔다, 시의 전복도 마땅히 그러해야 한다는 내용을 지닌 미당未堂 선생의 「시론」이라는 시를 연상하게 한다. 그러니까 시란 함부로 써서는 안 되며, 아끼고 아껴서 소중하게 마음속으로 품어야 한다는 시의식을 추론할 수 있는 것이다. 또한 시란 졸이고 달여서 그 진액과 정수만 남겨야 하며, 잡다한 수다처럼 다산으로 흘러서는 안 된다는 경계의 마음도 읽을 수 있다. 다음 작품도 동일한 맥락에서 시적 허영을 경계하고 있다.

내가 내다 하는 세상
내세울 것 하나 없어

자벌레 배밀이로
주린 허기 채우다가

글 쓰는
재미 찾아서
구김 폈던 마음인데

기교 탄 시 몇 편이
엄벙덤벙 알려지니

겸손하던 피가 달아
미친 듯이 으스댄다

허세만
달랑거리는
시인이라는 허영
 −「그 선을 넘어버린,」 전문

시란 "자벌레 배밀이로/ 주린 허기 채우"는 것처럼 영
혼의 허기를 채우는 것이라는 것, 하지만 그처럼 소박하
고 진솔한 영혼의 양식이 명성을 얻게 되면 "허세"와 "허
영"의 허방다리와 같은 것으로 전락할 수 있는 것이라는
경고의 메시지를 담고 있다. 그러니까 시란 자벌레가 배
밀이로 주린 허기를 채우듯이 절실해야 한다는 것, 마음
의 구김을 펴는 것으로 만족해야 한다는 것, 기교에 의존
하지 말고 진정성에 기대야 한다는 것, 겸손한 마음으로

시를 기다려야 한다는 것 등 시에 대한 숨겨진 관념을 읽어낼 수 있다. 그러니까 시는 절제와 금욕이라는 어떤 경계선을 설정하고 그 선 안에 머물러야 하며, 그리할 때 시적 본성이 발현될 수 있음을 고백하고 있는 셈이다. 시에 대한 엄숙하고 절실한 시인의 마음을 확인할 수 있다. 그렇다면 시인은 시의 존재 양태와 의의를 어떻게 파악하고 있을까?

눈여겨보지나 말지
땅에 납작 엎드렸는데

꽃이라고 꺾이고 풀이라고 뜯긴다

노랗게
봄볕 쬐던 시
따끔따끔 부러진다
　－「염치없는 시 6 - 민들레」 전문

아무도 읽지 않을 시 한 줌에 살을 베이고

저절로 몸이 달아 쨍쨍 갈라진 하늘

때마침 잊은 척해도
장대비 지나간다
　－「염치없는 시 5 – 뜻밖에 말이야」 전문

　「염치없는 시 6 – 민들레」에서는 한 편의 시가 봄에 핀
노란 민들레로 비유되어 있는데 "땅에 납작 엎드렸는데"
라는 표현에서 알 수 있듯이 보잘것없이 작고 초라한 것
으로 묘사되고 있다. 시라는 것이 본래 미시적인 세계의
아름다움과 남들이 거들떠보지 않은 세계의 가치에 주목
한다는 점을 상기해 보면, 이러한 비유는 매우 적절하다
고 할 수 있다. 몸을 한없이 낮추고 눈을 맞추어야 보이는
것이 봄의 야생화이듯이, 시도 그처럼 자신을 낮추고 비
루한 존재에 눈을 맞추었을 때 그것의 가치와 의미가 눈
에 들어온다고 할 때, 시란 낮고 작은 존재자들을 호명하
고 그 가치를 발굴하는 양식인 셈이다. 봄날의 노란 민들
레가 "꽃이라고 꺾이고 풀이라고 뜯기"지 않는다면 훨훨
날아 홀씨를 뿌리듯이, 시 또한 그처럼 대지에 의미와 가
치를 흩뿌릴 것이다.

「염치없는 시 5 - 뜻밖에 말이야」는 시가 지닌 놀라운 역능과 효과를 신비롭고 경이로운 시선으로 포착하고 있다. "아무도 읽지 않을 시 한 줌에 살을 베이"는 주체는 "하늘"이다. 그러니까 시를 쓰고 있는 주체도 하늘이라고 할 수 있으며, 하늘이 펼치는 자연의 오묘한 이치와 풍경 등이 한 편의 시라고 할 수 있을 것이다. 그런데 시 한 줌에 살을 베인 하늘이 갈라지자 그 사이로 "장대비"가 쏟아진다. 그러니까 장대비는 하늘이 한 편의 시에 감응한 결과이며, 한 편의 시가 발산한 오묘하고 신비한 역능인 셈이다. 시는 민들레처럼 작고 보잘것없는 것일지도 모르지만, 하늘을 움직이고 장대비가 쏟아지도록 할 수 있는 신비한 힘을 지니고 있는 것이기도 하다.

시에 대한 시인의 다양한 사유와 상념을 확인해 보았는데, 시인에게 시란 영혼을 위로하는 기제로서 아끼고 소중하게 여겨야 하는 것이었다. 하지만 허영과 허세에 빠지게 하는 유혹물이기도 한데, 그렇기 때문에 절제와 금욕이 절실히 필요하기도 했다. 무엇보다 작고 보잘것없는 민들레 같은 것이기도 하지만 하늘을 움직이는 놀라운 역능을 발휘하는 신비한 힘이기도 했다. 시론으로 써진 시편들은 시인이 시를 얼마나 절실한 반려자로 생각하는지를 잘 보여주고 있는데, 이러한 깊고 그윽한 시에 대한 사유들을 단시조의 형식에 담아내고 있다는 점이 주목된다. 이번 시집에서 "따끔따끔", "뾰족뾰족", "구메구메" 등의 다양한 음성상징의 절묘한 활용과 함께 주목되는 점은 단시조의 형식을 활용하여 시조가 지닌 여백의 미를 극대화하고 있다는 점이다. 시인이 구축한 단시조의 아름다움을 분석해 보자.

2. 단시조, 그 광활한 여백의 미학

옆구리가 꺾인 어둠
법인지 덫인지

입구에 들어서면
출구까지 빛이 없다

한 번쯤 뚫고 나와서
접힌 허리 펴고 싶다
－「터널」전문

최대한 군말이 생략된 채 군더더기 없는 터널의 묘사를 통해서 곤경에 처한 서민들의 삶의 한 국면이 응축되어 있다. 시적 공간에 제시된 정보는 극히 제한되어 있어서 터널 안의 어둠이 스포트라이트를 받고 있을 뿐이며, 그 어둠이 "법"처럼, 혹은 "덫"처럼 깔려 있다는 진술을 통해서 어둠의 성격이 어렴풋이 암시되고 있다. 법이든 덫이든 그것들은 서민들의 삶에서 장애물 역할을 한다는 점에서 어둠의 구체적인 실상이기도 하다. "접힌 허리 펴고 싶다"는 종장의 마지막 구절은 터널의 어둠이 서민들이 감내해야 하는 고통스러운 노동과 빈곤의 일상임을 시사하고 있다. 이처럼 이 시조 작품은 신산한 삶의 현장에 대한 어떠한 구체적 언급도 없이 변죽만 울리면서도 어렵게 일상을 이어가는 우리 사회의 삶의 모습을 눈앞에 현현시키고 있다. 이러한 효과는 물론 시인이 배치해 놓은 여백의 공간이 다양한 연상 작용을 향해 들끓고 있기 때문에 가능한 일이다. 이처럼 시인은 단시조의 절제와 압축의 형식을 잘 살려서 삶의 미묘한 국면을 묘사하는 데에 특장점을 발휘하고 있는데, 다음 작품들도 그러한 부류에 속한다.

입학 졸업 취업 승진 이 길을 걷다 보면
잘돼봐야 내 뒷자리 부장님이 되는 걸까

어둠이
길어서 슬픈
초겨울
뽀얀 새벽밥
 −「잔꽃」전문

타던 차 골골 앓아
폐차장을 돌고 돈다

그깟 헌 차 보내는 게
뭐 그리 대수라고

팽烹당한
나를 보는 듯
멀건 두 눈
따갑다

－「폐차장에서」전문

「잔꽃」에서 풀과 나무의 작은 꽃을 의미하는 "잔꽃"은 그야말로 자디잔 일상을 영위하는 평범한 사람들의 삶에 대한 비유이다. 그런 사람들의 평범한 인생의 행로를 시인은 "입학 졸업 취업 승진 이 길을 걷다 보면"이라고 하면서 한 장을 통해서 압축한다. 그리고 "잘돼봐야 내 뒷자리 부장님이 되는 걸까"라고 하면서 평범한 현대인들의 삶의 행로가 도달할 수 있는 서글픈 정점을 제시한다. 단시조의 초장과 중장이라는 짧은 시적 공간에 현대인에게 가장 보편적이라고 할 수 있는 삶의 형식을 압축해 놓는 시적 절제와 응축이 예사롭지 않다. 더욱 주목되는 것은 종장인데, "어둠이/ 길어서 슬픈/ 초겨울/ 뽀얀 새벽밥" 이라는 장의 배열은 초장, 중장의 배열과 대비되면서 복잡한 양상을 함축한다. 시적 메시지 또한 그처럼 평범하고 단순한 삶의 행로를 좇아가기 위해서 새벽부터 어둠과 추위를 감내하면서 길고 복잡한 길을 걸어야 함을 시사하고 있다. 초장과 중장에서 단순한 줄글의 시적 형식을 통해서 단순하고 평범한 현대인의 삶의 형식을 응축하고, 4행으로 분단한 종장의 시적 형식을 통해서 그러한 삶의 형식을 완성한다는 것도 얼마나 험난하고 복잡한 과정일 수 있는지를 암시하고 있는 셈이다. 시조의 내용과 형식이 절묘하게 조화를 이루고 있는 장면이라 할 수 있다.

「폐차장에서」에서 폐차장 주변을 배회하며 "골골 앓"고 있는 낡은 차는 단순한 자동차가 아니라 시적 주체에게 자신의 처지를 돌아보게 하는 유정한 사물이다. 그것은 지금까지 시적 주체의 발이 되어주고, 힘든 길을 함께 달려온 기계라는 점에서 정이 든 대상이기도 하지만, 이제 세월의 파괴적 힘에 압도되어 자신의 생을 마감하려고 한다는 점에서 늙어가는 자신과 동병상련의 대상이기도 하기 때문이다. 시적 주체가 "팽당한/ 나를 보는 듯" 폐차를 보는 것도 그러한 연민과 공감이 작동했기 때문이다. 이러한 관점에서 초장을 다시 보면, "타던 차 골골 앓아/ 폐차장을 돌고 돈다"라는 구절은 새삼 의미심장한 표현이 된다. 폐차장을 돌고 도는 것은 폐차이기도 하지만, 그것과 이별을 결행하지 못하고 머뭇거리는 시적 주체이기도 하기 때문이다. 이처럼 내면 심리의 미묘한 국면을 다음 단시조도 절묘하게 포착하고 있다.

속내가 불안할 땐 숨겨놓은 애인처럼

슬슬 어루만지는, 구메구메 쓰다듬는

드러내 아끼기보다

몰래몰래 정을 삼는
  −「연적硯滴이거나, 연적軟賊이거나」 전문

    연적硯滴이란 벼루에 먹을 갈 때 쓰는, 물을 담아두는 그릇을 지칭하고, 연적軟賊은 수행에 방해가 되는 일 가운데 끊기 쉬운 듯하면서도 끊기 어려운 일을 의미한다. 그러니까 연적硯滴과 연적軟賊은 전혀 이질적인 영역에 속하는 대상으로서 서로 공통점을 지니기 어렵다. 하나는 붓글씨를 쓸 때 필요한 도구이며, 다른 하나는 도道를 깨우치기 위한 수행에 방해가 되는 망상과 잡념 등의 방해물을 의미하기 때문이다. 그런데 어찌 보면 연적硯滴이나 연적軟賊은 노골적으로 집착하거나 대놓고 애완하는 것은 아니지만, 구메구메, 그러니까 남몰래 틈틈이 어루만지고 쓰다듬는 대상이라는 점에서 공통점을 지니고 있다. 특히 연적硯滴에 대해서 "드러내 아끼기보다/ 몰래몰래 정을 삼는"이라는 묘사는 매우 적절한 듯하지만 이러한 묘사가 연적軟賊에도 해당된다는 것이 더욱 절묘하다. 연적軟賊을 드러내 놓고 아끼기보다 몰래몰래 정을 삼고서 구메구메 어루만지고 쓰다듬는다는 것에서 도道라든가 깨달음이라는 거창한 이상과 목표에 압도되거나 주눅들지 않는 지극히 연약한 인간적인 면모를 옹호하는 내적 풍경이 그윽하게 포착되고 있기 때문이다. 단시조의 압축미를 살리면서도 이처럼 풍요롭고 미묘한 의미의 세계를 구축한다는 것은 예사로운 일이 아니다. 예술과 자연에 대한 단시조의 풍격도 이에 못지않다.

떡 벌어진 어깨 아래 내려친 유려한 곡선

정교한 문양조차 살짝 물러난 탄성

숨 마디 깊어질수록
시詩와 시時를
넘나든다
―「청자상감운학문매병」 전문

겨울잠 들기 위한 마지막 선물인가

도드라진 색감 입힌 유화 몇 점 걸려 있고

머리 푼 하늘과 구름 여백처럼 아른하다
　－「가을 숲」전문

「청자상감운학문매병」이라는 단시조는 동명의 국보
제68호인 고려청자를 묘사하고 있는 작품이다. 풍만한
어깨에서 유연하게 뻗어 내려와 허리에서 잘록하게 줄었
다가 굽에 이르러서는 다시 반전되는 선의 아름다움을
시인은 "떡 벌어진 어깨 아래 내려친 유려한 곡선"이라고
묘사하면서 미끈하고 아름다운 곡선을 강조한다. 그리고
구름과 학의 문양이 상감되어 있는 비색의 고려청자에
대해서 "정교한 문양조차 살짝 물러난 탄성"이라고 묘사
하는데, 도자기의 표면에 구름과 학의 무늬를 새기고 그
속에 같은 모양의 문양을 박아 넣는 상감기법을 절묘하
게 살려내고 있다. 특히 "살짝 물러난 탄성"이라는 표현
은 고려청자의 파이고 도드라진 문양에 대한 적절한 묘

사이면서 동시에 그 신묘한 솜씨에 대한 시적 주체의 탄성을 함축하고 있기도 하다. 가장 주목되는 부분은 종장인데, "숨 마디 깊어질수록/ 시詩와 시時를/ 넘나든다"는 표현은 숨 막힐 듯 아름다운 "청자상감운학문매병"이 지닌 곡선의 형태미와 비색의 색채미의 아득한 정취를 절묘하게 묘사하고 있다. 특히 "시詩와 시時를/ 넘나든다"는 표현은 청자상감운학문매병이 지닌 기품과 품격이 시공을 초월하여 아득한 경지에 이르고 있음을 응축해서 표현해 주고 있는데, 적절할 뿐만 아니라 아름답기도 하다.

「가을 숲」은 자연을 묘사하고 있다. 이 작품 또한 응축과 절제의 미덕을 실천하고 있는 단시조인데, 짧은 시 형식 속에 음각과 양각, 원경과 근경 등의 다양한 기법을 활용하여 하나의 입체적인 풍경화를 완성하고 있다. "겨울잠 들기 위한 마지막 선물인가"라는 초장은 소멸과 단절의 정서가 지배하는 가을의 정취를 강조하고 있는데, 여기에 "도드라진 색감 입힌 유화 몇 점"이 등장하여 마지막 불꽃처럼 빛나는 화려한 단풍을 부조함으로써 선명한 대조의 효과를 극대화한다. 그러니까 "마지막 선물"처럼 불타는 단풍을 양각으로 처리하면서 전경화함으로써 그 절박성과 심미성을 심화하고 있는 것이다. 그리고 이러한 근경에 "머리 푼 하늘과 구름 여백처럼 아른하다"라고 하면서 원경을 도입하는데, 도드라진 단풍의 색채감과 대비하여 음각으로 처리함으로써 입체감을 부조함과 동시에 단풍의 변화무쌍한 흐름과 대비되는 자연의 유구하고 유장한 속성을 암시하고 있다.

이상으로 김경미 시인이 구축한 절제와 압축의 단시조 미학을 살펴보았다. 함축적인 어휘와 절묘한 시적 구도의 배치, 그리고 적절한 시적 묘사와 비유 등을 통해서 시인은 단시조의 공간을 한없이 넓힐 뿐만 아니라 깊고 그윽한 정취를 창출하고 있다. 특히 암시와 연상의 기미를 활용한 여백의 활용은 압권이라 할 만한데, 이러한 기법과 숙련이 단시조의 달이고 졸이는 응축의 시학을 발현시킨 동인일 것이다. 내용적인 측면에서 시에 대한 자의식과 예술적 완성 이외에 김경미 시인의 주된 관심사는 신산한 삶의 고통과 부조리한 현실에 대한 비판의식이라고 할 수 있는데, 이러한 주제를 형상화하는 데에서도 압축과 절제에 의한 여백의 효과는 여전히 유효한 시적 전략이 된다.

3. 신산한 삶의 고통과 이별의 아픔

　김경미 시인의 이번 시집에는 사회적 권력으로부터 소외되어 사회로부터 아무런 보호와 권리를 주장하지 못하는 벌거벗은 생명으로서의 호모 사케르와 같은 삶을 부조하는 작품들이 다수 등장한다. 그들은 사회적 부와 권력으로부터 소외되어 주목받지 못하고 조연과 같은 삶을 살아갈 뿐 아니라 관심과 사랑으로부터도 소외되어 언제나 혼자서 고된 삶을 감당해야 하는 상황으로 등장한다. 이러한 시선은 물론 시인이 고통스러운 삶의 면모 쪽으로 무의식적으로 침윤되어 있는 현상을 암시하고 있기도 하지만, 무엇보다 그러한 호모 사케르적인 위치로 소외되어 있는 이웃에 대해 환대하고 위로하고자 하는 공감과 연민의 시의식 때문일 것이다. 시인은 그들을 시적 무대의 전경으로 초대하여 초점화하고, 그들의 아픈 삶에 스포트라이트를 비추어 조명한다.

　　시퍼렇게 서슬 돋은

　　날생선만 숨죽이다

내 숨 한번 제대로
잠재우지 못한 이력

이골 난
소금버캐로
널브러진 사지통
 -「고등어 간잽이」전문

 신산한 삶의 고통을 형상화하는 데에서도 압축과 절제
의 시조미학을 활용한 여백의 창출은 여전히 효과를 발
휘하고 있다. 한평생 서슬 퍼런 고등어라는 날생선만 숨
을 죽여 왔다는 것, 자신의 가쁜 숨을 달랠 여력은 없었다
는 것, "소금버캐"로 온몸이 뒤덮일 정도로 쉼 없는 노동
의 세월을 보냈다는 것, 그 결과로 얻은 것은 온몸이 멍든
"사지통"밖에 없다는 것 등의 서사가 압축과 생략의 서술
기법을 통해 전달되고 있다. 사지통으로 귀결된, 고등어
에 소금을 절이는 간잽이의 한평생이 한 짧은 단시조의
형식 속에 응축된 서사로 되살아나고 있는데, 말한 부분
보다는 말하지 않은 여백의 공간이 고등어 간잽이의 삶
의 애환과 고통을 웅변해 준다. 한 편을 더 보자.

늘어진 겨울밤은
배가 고팠다
매끄러워 입 안에서 뱅뱅 도는 꽁보리밥
한파와 혈투를 벌이며
올망졸망 떨었다

모자란 주인공
허술한 이야기
치근대듯 막 나가서 아리게 붉은 영상
시간만 구워 먹었다
임시 차단된 봄,
　　―「B급 영화」전문

　　역시 "B급 영화"와 같은 하류 인생의 서사가 압축과 절
제의 시조미학을 통해 구축되고 있다. 세세한 정보가 전
달되는 대신 "꽁보리밥"이라든가 "한파", 그리고 "모자란
주인공"이라든가 "허술한 이야기" 등의 응집력 있는 이미
지의 확산과 파동이라는 시적 효과를 통해서 한 많은 인
생의 신산하고 보잘것없는 서사가 그려지고 있는 것이

다. 하지만 정교한 서술들이 B급 영화와 같은 허름한 한 인생의 내면을 정밀하게 비추어주고 있기도 하다. 이를테면 "늘어진 겨울밤"이라든가 "올망졸망 떨었다"라는 구절은 길고 긴 춥고 어두운 겨울밤이 늘어진다는 표현을 통해서 가난과 고난의 세월에 대한 시적 주체의 고통스러운 내적 심리를 절묘하게 포착하고 있다. "치근대듯 막 나가서 아리게 붉은 영상"이라든가 "시간만 구워 먹었다"는 표현들은 풀리지 않는 인생에 대한 안타까움과 조바심, 그러나 시시포스의 신화처럼 되풀이되는 좌절과 실패의 나날들이 연상되도록 한다. 이처럼 김경미 시인의 시조들은 응축된 이미지와 연상 작용을 일으키는 우회적인 서술을 통해서 여백의 공간을 극대화하고 있는 것이다. 다음 작품 역시 그러한 특장점을 극대화하고 있다.

올가을엔 파랑파랑 불을, 지펴야겠다

쏟아지는 잠 참느라 매섭고 힘겨웠던

뼈저린 기억일망정 곱다시 짜고 싶다

거슬러 갈 수 없어 갉아먹힌 자존심에

속 끓이는 담뱃잎만 육탈하듯 자진하고

누렇게 바람 든 입가 잔기침이 쓸쓸하다

밀고 가는지 밀려가는지 아뜩한 밤하늘

그 어둠에 맞서며 컹컹 개 우는 소리

발갛게 흐르는 눈물 다시 아픈 천생 청상靑孀
　－「황초굴」전문

　"황초굴"이라는 제목은 잎담배 건조장을 뜻한다. 담뱃
잎을 건조하는 건조장 속에서 한 세월을 보내고 있는 청
상과부의 신산하고 안타까운 삶이 묘사되고 있는데, 청
상으로 한평생을 보내고 있는 한 여인의 답답한 삶이 잎
담배 건조장이라는 공간적 환유로 인해 더욱 절절하게
그려지고 있다. 이러한 시적 구도가 "속 끓이는 담뱃잎만
육탈하듯 자진하고"라는 구에 집약되어 있다. 한평생을

청상으로 살아가야 하는 한 많은 한 여인의 내면 풍경이 육탈하고 있는 속 끓이는 담뱃잎으로 형상화되고 있는 것이다. "밀고 가는지 밀려가는지 아뜩한 밤하늘"이라는 표현 역시 가도 가도 끝이 없는 고난과 빈곤의 나날들과 그러한 나날들을 보내면서 느끼는 여인의 내면 심리를 암시하고 있는데, 아득하고 막막한 삶의 여정과 내면 심리가 중첩되면서 여인의 삶에 대한 생생한 현장감이 살아나고 있다. 여인의 한스러운 삶은 김경미 시인의 주된 관심사이기도 한데, 다음 작품 역시 그러하다.

허리춤에 매단 상사相思 얼룩지고 긁혀가며

닿으려 잡으려면 부러지고 고꾸라지고

검버섯
거뭇한 평생
아직
수줍은 맨발
 ─「아리랑 고개 넘기」 전문

역시 이룰 수 없는 사랑으로 아파하면서 한평생을 홀로 늙어가고 있는 여인의 삶이 부조되고 있다. "허리춤에 매단 상사 얼룩지고 긁혀가며"라는 초장은 엇갈리고 충돌하기만 하는 연정戀情과 연애戀愛의 과정이라는 상상의 공간으로 독자를 초대하고 있다. 그리고 "닿으려 잡으려면 부러지고 고꾸라지고"라는 중장은 네 개의 동사를 활용하여 생동감 있는 묘사를 보여주는데, 닿을 듯 닿을 듯 신기루처럼 멀어지는 좌절과 실패의 무수한 되풀이를 상기시킨다. 이처럼 엇갈리는 운명으로 홀로 평생을 살아가게 된 인생이 역동적으로 묘사되었기에 "검버섯/ 거뭇한 평생"이라든가 "아직/ 수줍은 맨발"이라는 표현은 그 비애감을 더욱 증폭시킨다. 실패와 좌절로 점철된 인생이 이제 검버섯이 핀 노년에 접어들었다는 것, 그런데도 여전히 그녀는 "수줍은 맨발"을 지니고 있다는 시적 진술은 맑고 깨끗한 영혼에 몰아친 가혹한 운명의 잔혹성을 더욱 부각해 주기 때문이다.

신산한 삶의 고통과 이별의 아픔에 대해서 묘사하고 있는 작품들 역시 김경미 시인의 압축과 절제의 시조미학을 잘 보여준다. 압축적 이미지를 통한 여백의 효과, 그리고 생략과 우회적 서술을 통한 연상의 효과는 한 많은 인생이 생성하는 파장과 울림을 극대화한다. 이러한 시적 효과는 신산한 현실에 대한 관심만큼 중요한 주제이기도 한 부조리한 현실에 대한 풍자에서도 그 효과가 여실히 발현되고 있다.

4. 풍자, 혹은 알레고리의 미학

시적 자의식과 고통스러운 인생에 대한 관심만큼 이번 시집의 중요한 영역이 부조리한 현실에 대한 비판과 풍자라고 할 수 있다. 풍자의 영역 또한 매우 다양해서 인터넷이나 SNS를 통한 소통 과정에서의 문제를 비롯하여 자기과시적 소비와 부의 축적에 몰두하고 있는 경제적 인간으로서의 현대인, 혹은 허울만 중시하는 외면 중시의 현대인들이 날카로운 비판의 대상이 되고 있다. 주목할 점은 이러한 현실에 대한 비판이 이분법적 가치체계나 계몽적 의도에 함몰되지 않고 다양한 시적 사유와 성찰의 파장을 거느리면서 진행되고 있다는 점이다. 마지막으로 김경미 시인이 구축한 알레고리의 시조미학을 살펴보자.

하룻밤 사이에 큰 별 하나 떨어졌다
장난으로 놀린 혀에 뒤통수를 맞은 죄로

말랑한 혀 아래 도끼가
애먼 사람 찍었다

잘 알지도 못하면서 한마디씩 거들고 나선
잔혹한 혀를 물고 너도나도 뒤척인다

모조리 넘겨받은 판
몸을 떤다 설설 춤춤 설설
　－「혀의 파장」 전문

　오늘날 우리 사회에서 심각한 사회문제로 부각되고 있
는 사이버공간에서의 악플이라든가 근거 없는 비방과 흑
색선전, 혹은 가짜 뉴스의 문제를 비판하고 있는 작품이
다. 장난삼아 "놀린 혀"로 말미암아 사람이 죽을 수도 있
다는 것을 "혀 아래 도끼"라는 이미지를 통해서 강조하고
있다. 시인이 더욱 중요시하는 것은 "잘 알지도 못하면서

한마디씩 거들고 나선/ 잔혹한 혀"라고 할 수 있는데, 이러한 진술은 한 사람의 잘못된 비행이 걷잡을 수 없는 파급효과를 불러오고 눈덩이처럼 증폭되어 확산되는 현상을 경고하고 있다. 특히 둘째 수 종장의 "몸을 떤다 설설舌舌 설설"이라는 표현은 "설설"이라는 기표를 중의적으로 표현하여 날름거리는 혓바닥과 악플의 확대 재생산을 암시하면서 동시에 벌레가 기어 다니는 모양이라든가 가마솥의 물이 끓어넘치는 모양을 환기함으로써 설화舌禍의 위험성을 실감 나게 표현하고 있다. 시인은 설화에 대한 관심이 많아서 「악플 나눠 먹기」라는 시에서는 "쓰레기로 나뒹굴다 떠도는 흔적들은/ 들어내도 악착같고 포기해도 스멀스멀"이라고 하면서 해소되기 어려운 악플의 끈질긴 생존성을 강조하는가 하면, 「뒤척이는 뉴스」에서는 "만 발이나 빠진 혀 쌍갈래로 갈라져/ 진짜는 밀어내면서 맹탕만 부풀린다"라고 하면서 진실을 왜곡하는 미디어의 폐해를 고발하기도 한다. 「그 선을 넘어버린,」에서 살펴보았듯이 허세와 허영 또한 시인이 비판하는 주된 항목 가운데 하나이다.

　　잔멸시 끊길 만큼

유명세 얻었는데

난 아직 허기가
많이도 깊나 보다

최고급
옥상을 밟고
괜한 하늘 흘긴다

모자란 듯 허허한
세련된 듯 성형된

리본 묶어 포장된
살랑대는 웃음 따라

넌지시
터지는 심술

날카롭게
세운 목

－「펜트하우스」전문

　"펜트하우스"는 자극적인 동명의 드라마로 화제가 되기도 했었는데, 고층 건물의 최고층에 위치한 고급 주거 공간을 지칭한다. 최고층이라는 점에서, 그리고 최고급의 주거 공간이라는 점에서 그것은 현대인들이 내면에 간직하고 있는 상승과 비약의 세속적 욕망을 대변해 준다. 충족될 줄 모른다는 성향, 혹은 욕망은 또 다른 욕망을 촉발한다는 성격, 그리고 욕망이란 타자의 욕망을 욕망하게 되어 있다는 욕망의 속성들을 상기해 보면, 현대인이 지닌 욕망desire에 대한 묘사에서 "난 아직 허기가／많이도 깊나 보다"라는 서술이라든가 "모자란 듯 허허한"이라는 수식어, 혹은 "넌지시／ 터지는 심술" 등의 이미지들이 들어붙게 되는 것은 충분히 이해할 만하다. "최고급"의 주거 공간으로 "옥상을 밟고" 있으면서도 "괜한 하늘"을 "흘기"고 있는 펜트하우스야말로 현대인들이 지닌 허상으로서의 욕망의 성격을 절묘하게 드러내고 있는 대목이기도 하다. 둘째 수 종장의 "날카롭게／ 세운 목"의 이미지는 부와 재물에 대한 소유욕으로 오만함에 물든 현대인의 자화상을 떠올리게 하는 동시에 위험하고 위태로

131

운 현대인의 군상을 환기하기도 한다. 펜트하우스를 향한 현대인의 욕망을 통해서 세속적 가치에 물든 현대인의 내면 풍경을 절묘하게 알레고리화하고 있는 장면이라 할 만하다. 다음 작품 또한 현대인의 허세와 허영을 풍자하고 있다.

걸어 다니는 만화책을 일상으로 만난다

허기진 먹물을 쏟아 낙관도 서명도 없는

세상은 시각視覺의 노예 과부하로 떠도는 은유

마음에서 잘린 컷 출렁이는 자존심만

간신히 몸에 얹어 잡무늬로 희롱하다

어깃장 소용돌이에 휩쓸리는 비대칭
－「문신」전문

펜트하우스가 그러했듯이 "문신" 또한 현대인의 그릇

된 욕망과 가치관을 대변해 주는 대상이다. 피부나 피하
조직에 상처를 내고 물감을 들여 글씨나 그림, 혹은 다양
한 무늬 등을 새기는 것을 의미하는 문신은 자기과시적
인 현대인의 성향을 대변해 주는데, 시인이 보기에 그것
은 역설적으로 빈곤하고 빈약한 내면의 속사정을 폭로한
다. 즉 시인이 보기에 문신이란 "걸어 다니는 만화책"과
같이 비현실적이고 허구적인 상상력의 산물이라는 것,
그리고 "시각의 노예"들이 만든 "과부하로 떠도는 은유"
에 불과한 것일 뿐이다. 즉 그것은 "마음에서 잘린 컷"을
육신에 새긴 것에 불과하며, 그러하기에 그것은 상한 "자
존심"을 표상해 줄 뿐 그것을 회복시키거나 대체할 수는
없는 것이 된다. 즉 내면의 빈곤한 내용물을 거짓으로 가
리고 과장하는 것이 문신인 셈이다. 따라서 시인이 보기
에 내면의 빈곤을 외면의 과장을 통해 거짓으로 메우려
고 하는 문신이 유행하는 사회는 "어깃장 소용돌이에 휩
쓸리는 비대칭"의 사회로서 위태롭고 위험한 불균형을
내포하고 있는 사회라고 할 수 있다. 허세와 허영의 현대
사회가 내부에서 곪고 썩고 있음을 절묘하게 풍자하고
있다고 하겠다.

　이상으로 김경미 시인의 두 번째 시조집의 시조미학

의 세계를 살펴보았다. 가장 주목되는 점은 단시조가 지니고 있는 압축과 절제, 생략과 함축의 미학을 절묘하게 실현하면서 광활한 여백의 공간을 창출하고 있다는 점이다. 이러한 여백의 시조미학은 시인이 지닌 시에 대한 열정과 진정성에 기반을 두고 있으며, 호모 사케르적인 현대인에 대한 연민과 공감으로 나아가고 있다. 또한 그것은 거짓과 왜곡, 허세와 허영에 찌들어 있는 현대사회와 현대인의 부조리한 현실에 대한 풍자와 비판에서 빛을 발하고 있는데, 이러한 대목에서도 시적 진정성이라는 자산이 시인에게 얼마나 값진 것인가를 보여주고 있다. 김경미 시인은 이번 시조집에서 절제와 응축을 통한 단시조의 침묵과 묵언의 시조미학을 실현하고 있는데, 앞으로 더욱 절차탁마하여 더욱 웅숭깊고 광활한 시조미학을 개척해 나가기를 기원해 본다.

김경미

경북 의성에서 태어나 현재 경북 풍기에 살고 있다. 2012년《월간문학》
신인상(시조)으로 등단했고, 2014년《시와소금》신인상(시)을 받았다. 시
조집『주말 오후 세 시』와 시집『모호한 엔딩』을 출간했다.
hijklnm66@hanmail.net

꽃도 성깔대로 핀다

—

초판 1쇄 2021년 12월 31일
지은이 김경미
펴낸이 김영재
펴낸곳 책만드는집

—

주소 서울 마포구 양화로3길 99, 4층 (04022)
전화 3142-1585·6
팩스 336-8908
전자우편 chaekjip@naver.com
출판등록 1994년 1월 13일 제10-927호
ⓒ 김경미, 2021

—

* 이 책은 2021년 경북문화재단의 '경북 예술인 창작활동 준비금 지원'으로
  발간되었습니다.

—

ISBN 978-89-7944-789-7 (04810)
ISBN 978-89-7944-354-7 (세트)